據中國國家圖書館藏明弘治九年張習刻書牘紙印本影印原書版框高十八·七釐米寬十二·七釐米

據中國國家圖書館藏明弘
治九年張習刻書牘紙印本
影印原書版框高十八·七
釐米寬十二·七釐米

僑吳集 一

僑吳集精抄已極令人愛
不忍釋此本麐士其乃見此
癸未九月下旬潘祖蔭識

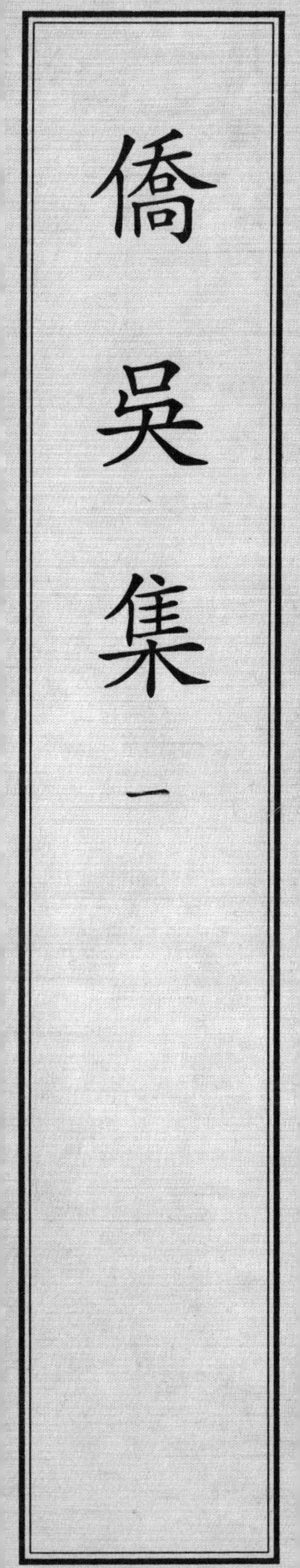

僑吳集序

遂昌鄭明德先生天資明敏高出倫輩其生[illegible]
杭於書無不讀作為文章抑揚頓剉反覆開闔
一主乎理而氣以攄之若長江大河流衍滂沛
汩汩數千百里而終歸之溟渤綽有古作者風
既壯來僑於吳比老乃彙其所作之文曰僑吳
集授徽曰吾在杭亦嘗有作茲僑吳从而作之
為多故名焉予實見而知之者宜為序之徽不
敢辭庸復於先生曰先生固僑於吳矣夫吳東

南之一都會也山有虎阜靈巖之勝水有三江
五湖之饒而遺臺故苑舊家甲第仙佛之宮參
錯乎城郭之內外民俗富而淳財賦強而盛故
達官貴人豪儁之士與夫覊旅逸客無不喜遊
而僑焉其僑何如不過即其山川風物之美觴
詠娛嬉以各適其所樂而已烏有如先生之僑
寓哉先生以吳乃讓王之封國而子游北學於
孔子與聞堯舜禹湯文武周公之道得聖人一
體為文學稱首其流風餘韻未泯也斯其所以

僑焉者正欲以聖賢之道資進脩之益耳豈徒藉乎山川風物以為觴咏娛嬉之適而止耶則先生之僑異乎人之僑也已惟其異乎人之僑所以發而為文亦有以異乎人也雖然文豈易言哉堯舜禹湯文武周公之文禮樂政治皆是也蓋其道之充乎中而其發於外者無非文如天之有氣則有日月星辰之光輝如地之有形則有山川草木之行列文實道之顯不可岐而二之也何子游之所以為學絶諸子各以所見

著書是不獨文與道二而道之裂也已無有純全者惟董仲舒氏曰正其誼不謀其利明其道不計其功揆其行事不戾斯言可不謂其文與道一者乎而韓愈氏曰所志於古不惟其辭之好好其道焉耳是亦知夫道之與文不可二矣然以實而考之則其文固未能一出於道至歐陽脩氏蘇軾氏曾鞏氏文非不能為也豈能與道弗二乎文而一出於道惟周程張朱數君子焉觀其易通易傳正蒙本義等書簡妙精切不

惟輔翼聖經而幾可與之並由其得孔孟不傳之學故能若是豈嘗拘拘學為之文哉徽竊聞先生嘗以文師承於金華石塘胡公四明剡源戴公此二公學群聖賢之道者也其所以授于先生洎先生所自得有蘇曾諸氏之文而不失程朱數賢之道道未必不寓乎文文未嘗不載夫道文與道則一而子游之所以為學者亦在其中矣奚必吳儕於吳而后有所得也哉第假是以名編爾徽生也後誠吳人也父祖以上居吳累世矣然於道誼之有所聞而文亦莫之能措於先生豈弗甚可愧姑從命強顏為之言是集也為古今詩銘箴贊題書跋序記碑誌總若干篇釐十有二卷於戲有道之文當傳之天下豈獨吳哉

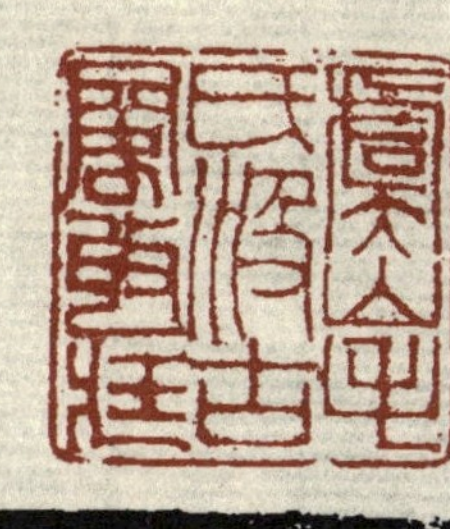

至正二十年歲庚子仲秋望吳後學謝徽序

僑吳集目錄

清容集目錄

三卷　長短句體

六卷　五言絕句　七言絕句

畫　　　　　　　　　　　　　　　　　　軸七

畫壽字像　明[illegible]　謝大[illegible]像　寧俞山[illegible]

贈華[illegible]　寧王叔明　寧光[illegible]

漢蘇武[illegible]　[illegible]

過路藏　　汪五言絶

子固水仙　[illegible]　山[illegible]古木

雲林小景　王元章梅　山谷蘭

過九里松　李[illegible]　陳[illegible]

[illegible]生[illegible]　陳[illegible]　高[illegible]

寧[illegible]　米[illegible]山[illegible]　謝[illegible]本

石湖十二[illegible]　[illegible]

六卷　五言絶句　七言絶句

宋[illegible]　汪十三[illegible]

[illegible]　寧[illegible]　[illegible]

俞[illegible]　[illegible]　[illegible]

[illegible]

[illegible]

[illegible]

[illegible]

[illegible]

[illegible]

[illegible]

蘇齋文人集卷　跋宋皇華[illegible]　[illegible]文忠公家藏帖跋
[illegible]文人[illegible]
跋[illegible]公十卷　題[illegible]草十卷　題[illegible]真人[illegible]
[illegible]十卷　題[illegible]　題[illegible]書[illegible]後
題真[illegible]十二寶[illegible]　題[illegible]　題[illegible]圖
題[illegible]記　[illegible]手[illegible]
[illegible]像贊　[illegible]
[illegible]贊　[illegible]贊　[illegible]贊
[illegible]　[illegible]
[illegible]　[illegible]

[illegible]圖　[illegible]　[illegible]圖
[illegible]　[illegible]
[illegible]　[illegible]
[illegible]文圖[illegible]　[illegible]
[illegible]　[illegible]
[illegible]　[illegible]
[illegible]　[illegible]
[illegible]　[illegible]　[illegible]
[illegible]　[illegible]　[illegible]圖
[illegible]圖　[illegible]圖　[illegible]
[illegible]　[illegible]　[illegible]

八卷　序

九卷　記

十卷　記

僑吴集目録終

十二卷　行狀　哀詞　墓誌銘

十一卷　碑　記

僑吳集卷之一

括蒼鄭元祐明德著

四言古詩

旌表孝義金門

出吳東門沄〻其水傳陸以居居民櫛齒不有孝義衆何所恃
孝義伊何曰維金氏百五十祼業儒循軌事親養志同氣敬順
兄掌家鑰弟秉文印不矜而譽不言而信里舉鄉推事騰于朝
用旌其門以闡教條張書扁式與表邇遠守臣樹聲加示慶典
坊名孝義大厥里門彰善癉惡周書具存吳固沃土才隳于膴
風頹俗靡事尠儷古求若孝義幾何其心堪繼公藝價重南金
克孝克義我謠我歌借䕶閱墻敦化猗那

高昌偰侯三節堂

惟天啓偰產自瀚水潤被北庭侯濟厥美挺事昌朝忠武罕比
戡金平宋策審功侈入毗廟堂黔黎妥只蠻酋獸獷侯轅南指
忠憤踴躍奮莫顧已忠誠貫天白虹觸起孱〻孤嫠哭矣孔哀
誓死靡他夫人貞哉貞哉夫人夫死兒乳教兒能孝父志在洪
齒方成童母病弗療刲肱和糜人孰兒詔彼美至性移孝而忠
撫字列城繼侯英風侯既有子且復有孫孫〻皆讀書益大侯門
相繼掇科荐承寵光侯其來歸英姿樂康子佩金符孫榮紫綬
世詡其隆侯植之厚三節一貫何有夷險協于王風永配令典

可齋

大哉宣聖以詩教我興觀群怨皆與曰可誠焉是學感發志意
善〻惡〻庶全美刺詩人得失於焉考見妍媸在已反省毋眩
和以處衆不至於流設使雷同其道亦繆懲創羞惡中惟一致
溫柔敦厚慎勿暴氣用以事親孝哉有子移以為忠曾不越此

四言古詩

鳥獸草木名類匪一惟篤學閎旁資多識是我宣聖以詩設教
下逮百王是則是效嘉子嗜學尤勤於詩以可名齋義寔在茲
六義具存旣殫源委以詠以歌性情斯理

登鴻山弔梁伯鸞

我以飢驅爰求樂土注意山栖茲非其所敬弔夫子頴嗣德音
隼棲擇高魚游擇深夫子當時五噫謳吟出都接淅咲擲華簪
歸隱杵臼傭力是任配諧德曜雝々鼓琴上窺羲軒以樂此心
以樂此心儷古傲今而我肱折罔知適從蠅附以驥菀胥以松
式依夫子娛老考終優哉悠哉歌以相春

蘭

協以鼓琴世誰知音采吕紉佩湘江水深蘭生棘中如石韞玉々
玉受不瑳幽香滿谷

為李繹成悼其妻馮氏

彼美者媛令姿靜淑姆教在聲懿範端肅擇配哲士聞望右族
讀書思榮焚膏繼晷媛來主饋克承夫志載緝載紉裳衣補綴
奉飱舉按翼若始癸倏遭百罹絲鳳分飛鼓盆哭哀語及涕洟
人孰無婦々賢而睽永懷弗諼爰形聲詩

春暉樓

陽春有暉泛在物表寸草承之弗間其小春暉熙々彼草離々
區萌就質芃々茂斯詩人載歌悉物之情子於父母恩莫與京
親恩之大春陽之溥子心如草膚寸思補爰構重屋以奉父母
以介眉壽其樂訢々旨甘滫瀡奉親之常寸草之微那報春陽
孝子愛日孝子養志敬親之枝勿謟非禮揚親之譽悠久不已
是謂可報寸艸春暉萬一攸在吾祈與歸

五言古體

擬古五首

北辰衆星宗列宿環共之手杓指其方生始恣所資萬卉春芃芃至秋悴如期蟄動罔弗然闔翕啓閉隨靜觀造化理在人豈其遺君象實有類萬古成綱維

仲尼去云遠吾道日以微達士忘賤貧佞人紛是非時態良弗古乃致幟事希末路欲忘言屏跡避危機桐江有垂釣首陽有采薇清風蓋一世舍此其安歸

大道本常在為士者弗由窮居嘆時邁遂世竟悠々豪強互吞噬雄智復相尤遂令務奔詐攘竊何時休所貴者仁義勢利為足謀懿教信遼矣民風此其媮默々掩幽室感之紛淚流

春來桃杏華秋榮菊與杞豈但物性殊造化之所使人生類如

斯通塞固其理苟識吾性誠隱顯良有以

委身竹素間義理費考尋藏業泰華高浩瀚滄溟深涉之遠無津舉之力難任不如反諸己求諸聖賢心成湯警日新大禹惜寸陰紛拏試屏絕請鼓無絃琴因之忘肉味太古寥々音

出塞七首效少陵

已踰烏盭山未涉狐奴水飢羸形骸黑枕戈待明起將軍方蹋蹋天地入馬箠吾儕亦何人一死等螻蟻

秦時閭左戍漢家弛刑徒髑髏棄瀚海天陰哭嗚々我非望生還魂魄迷歸途但願戈矢利委身斲狂胡吁嗟載筆書不紀萬骨枯

受詔武臺宮西遷鉤營道挽虎射命中相從潁深討蹀血焚龍庭以功當橫草乎沙列部伍鮮整旌與旗奚慮蛇豕繁一鼓殪

[illegible]

[illegible]

[illegible]

[illegible]

[illegible]

[illegible]

[illegible]

[illegible]

[illegible]

[illegible]

[illegible]

[illegible]

[illegible]

[illegible]

[illegible]

[illegible]

搶掃歸耿萬户侯歲月未云老
精呑天山雪衣裂青海風前行幾千里不見單于宫走馬脫轡
頭所特五石弓鄉并豈不懷簡書戒命洪黄塵觸壘起勇奮奔
貔熊鉯刀異莫邪所覬一割功
騎羊五歲兒出没區脫中翻身異鳥鼠快捷如飛鴻生理不土
著水草無豐凶一戰那足平燕然方勒功
烽烟邊上發塞鴈群南翔仰睇冥冥天風際雨雪霜驅馬上厓
谷悲笳咽雲黄棄絶骨肉親詎弗懷故鄉軍聲動劍戟砲火燒
衣裳鞠育非寡息道遠不得將呑咽復何憤思厲其名王
邊塵暮猶黑兒燐出霜草展戰圖報國寧慮骨枯槁人生無百
年一甓不待老但願王境富微軀奚足道勳業銘旂常秋天氣
同香

寄張仲敏
予居闔閭城有屋蔽風雨心融詩書澤口斷兒女語客庖婦供
饌茗竈手自鬻外覆多弗却束脯乾可茹如何舍之去晝隨緣
棟鼠朱門盡華簪青冥無凡羽已隨鳳鳴岡尚感鴈遵渚於以
見貞操屯貞貴能處

仲春六日辱陳敬初諸君枉顧小飲弊樓分得静字
葱肆不嗅葷華門惟習静何此枉飛佩諸君森相映方慙乏詞
鋒安知墮語穽酒杯淺於臍樓居小如磬敢云諧謔歡遂忘跪
跽敬飛花落硯席輕雲拂麈柄含坐或屢舞分題各成詠莫非
江海士行應丘園聘願我拓飛蓬更春不復盛假如湛誠痴何
嫌憲非病相會苟不樂明朝雪盈鏡

贈譚臺史

高昌佳公子氣橫海岳秋玉壺洗寒露錦機濯芳洲真致埃壒外獨與神明遊岧嶤鳳皇臺日晏行雲愁帝念南紀大建臺分顧憂列聖耳目寄職斯布皇猷誰工古人學可參憲臣謀之子被辟命纔書上昇州煌煌三台星列宿莫敢儔而子妙折旋婉孌通衿喉不居世祿懿遠慕儒術優先正高與馬德言皆可讎骨朽名不泯耿光縣斗牛子能勗令聞席珍重天球況復五彩筆畫意工冥搜飛花落碁局弱柳維江舟感此時物佳念子何能休龍駒少汗血駑馬老益羞白雪高莫和青山曉加稠日沒烟樹遠重倚城南樓

仙山樓觀圖

嵯峨三神山仙聖之所居芝草布庭闕霞光曳衣裾渴飲碧玉漿飢飡紫琳腴霓旌冉冉下彤樓擁鸞輿青童啓藏室帝命較寶書齋心始能讀字皆玄樞朗詠以相授靈風舞神魚天遠靡得聞何以能啓予空嗟珊瑚日照耀金芙蕖

久旱得雨

望秋伯即鹿以旱同無虞忽殄蘊蟲蟲屏翳騰龍魚乃合霢霂雨涼氣吹髯須未必便滂沛且擁羲和車高田土生煙稿禾仍盼蘇澤陂未萎稲引根勿躊躇一或薦清廟猶與豐年俱憶昨歲巨浸流潦恒漭瀰衢廡古宅一廛下農田一區彼此竈産鼃潭蛟為飢驅至今殍死兒夜夜哭其廬竭耒獲一飽焉知陰慘舒焦原赤欲燒政不妨官租民輸諒有幾廩收長有餘盜臣被華衣我口何由糊悲歌等慟哭激烈誰非夫

送楊郡博赴任上饒

廣信山水郡衙宮凈含暉陰陰松檜中白鷳時兩飛雨餘岩泉

落清音叶鳴徵泮沼紫鱗躍講壇紅杏菲藤蔓遶礀石新絺羅成幃諸生緇絰坐子衿問褎衣格言咀芳潤輿理宣幽微凡陋當脫屣聖哲胥秉樸遲師一指授仁風敞巖扉

與張天雨楊廉夫陳子平諸公遊虎丘次東坡韻

昔吳有縣精茲丘據其領前瞻埋金窖尚餘淬劍井簡書畏懷異星日發光耿干將不剸兕牡鞠豈禁鼉至今點頭石斷非濯治礦上機不由智大將寧論猛公剖儒釋緒便從康莊聘詞鑣琬琰巖聲抽轆轤哽掉鞅清靜海不墮生死頃憶昔此來遊六月佩旌冷山靈寶其躅歲月塵劫永我生若後時惜此媚風景坐嘯嗟所見起舞顧其影箕尾橫青天有懷無從請

附陳敬初同游和韻

吳王闔玄宮劍氣在茲鎮石留千人座泉迸百尺井逮公今題墨潭光並耿々雄章久變虎強聒不聞鼉荒々短簿祠猶復倚頑礦石磴極高下躋攀足力猛前瞻公留題天葩筆下聘仙語不求似兒詩空自哽譬之具區大玻瓈寧計頃自公返奎躔千岩秋月冷載惟緇絰室地古松日永高標歎俱逝今昔異風景人生非金石何必形吊影所愧頗學意天高無從請

贈張生

堂々金源公門墻多桃李根柢無淺深恩榮周遠迩張生事公久最為公所喜折旋杖屨間唯諾圖書裹公承天子詔馳傳將使指宵憂泣牛衣晝征塵馬箠風飧郵亭庖露炊官署米蹀躞趣裝騎紛綸割鮮乜

胡古愚南歸

胡君有佳兒純愨而靜者自君留詞掖忠君不暫舍親老當懸

用普有[illegible]不曾令[illegible]

[illegible]古[illegible]

題[illegible]

[illegible]一文書[illegible]

入最[illegible]天千[illegible]

[illegible]金[illegible]公

[illegible]生

入生非金石何以[illegible]天高無[illegible]

若秋[illegible]今[illegible]古[illegible]日[illegible]景

不求[illegible]見[illegible]自[illegible]大[illegible]

[illegible]石[illegible]天[illegible]

是[illegible]

吳王[illegible]十人[illegible]今[illegible]

[illegible]陳[illegible]

[illegible]青天[illegible]清

月[illegible]今山[illegible]景

[illegible]來[illegible]六

[illegible]大[illegible]

[illegible]今[illegible]

[illegible]

[illegible]天[illegible]東[illegible]

[illegible]

[illegible]

[illegible]

車迎之輦轂下喜親出都門徒跣控親馬祖道賔迭至別盃酒
更把官秩司旂常餞章宣風雅擊節想已屢知音誰云寡婦途
春氷泮燒痕靈雨洒喜見江南山螺黛秀而野掛帆胥江潮卧
聽灘聲鴻兒搆遂碧樓樓成君歸也旦々候鵲喜夜々卜燈灺
出迎空里閭驩聲振屋瓦婦增姑餼供孫將兒衣擔整蠹理篇
帙劄鮮作腊鮓君歸樂如此令我空蹊踝行樂須及時歲月難
久假

張彥冲北上

堂々宛丘公高懷羅星斗明良之君臣尊嚴之師友皇經在胄
監而公為祭酒英材資樂育本公生物手麟趾瑞物呈胖胎明
珠剖覽輝鳳皇下擊劍龍虎吼自非學術純何以服衆耦鄉公
僑南紀積學富林藪青天珠璣唾一一化瓊玖公今廟廊上我

則牛馬走食貧莧撑腸衛臘衣露肘於焉識張生嗜學不少苟
自言家在汳外家讀書久今將入成均積分會居首於時中吳
道岸花雜汀柳風帆遂北上解纜星在罶會見生去後才名騰
衆口為拜祭酒公桓榮漢廷叟上探群聖祕下溉群物朽須令
腐儒喜行樂歌隴畝

送劉長洲

中吳號沃土壯縣推長洲秋粮四十萬民力罷誅求昔時兼并
家夜宴彈箜篌令乃呻吟聲未語淚先流委肉餓虎蹊于今三
十秋畝田昔百金爭買奮智謀安知徵歛急田禍死不休膏腴
不論直低寉寧塱酬賣田復有獻惟恐不見收日覺鄉胥肥吏
臺起高楼坐令力本農命輕波上漚天意憫困劇南轅卯金侯
侯有萬金劑探囊令病瘳躄者起雀躍瘖者言嘲啁坐令百里

邑姦回息彫鏤是皆仁侯惠頌聲滿道周清朝老功選賞典無滯留頒侯登廊廟一洗蒼生憂

松軒為潘世穀追題其祖忠烈公卷

昔在世皇日潘侯如貞松肄身青雲表流潤翠百重迎寒保金石遇雨翔虬龍枅栱夙所具匠氏仍相逢一洒鼎湖淚難進秦山封仁者滋有後孫枝挺玄冬頴繼歲寒節雨露日以濃

高節樓

自古高節士無如嚴子陵客星耀寒芒歸隱不可徵婦人守婦節之死矢不二以節加今名或順或婉懿舍是而曰高高豈在閨壼由名斯究實於義竊未穩袁母陳氏媪一邑稱淑賢訓兒昌家基母老雪滿顛岩岩高節樓枅栱絢雲日一賦栢舟詩千古保貞吉

宴顧氏芝雲堂分韻得玉字

開士枉遥駕貞人啓華屋座接麈談素酒傾麟壺綠遠山横書幌飛花落棋局谷芳寄荃蕙夕陰留梧竹双絲夾鵾絃群書閟魚目跡異心匪殊語契道難瀆接驩雖云暫後會詎可卜離懷渺炯水遐音毋金玉

過沈仲説清樾軒

睠此龍伯國湖江白漫漫路出洲渚上天垂葭葦端林樹茂清樾浪花浮碧瀾烟消棟宇出露下場圃寬漁師自纜擢農老仍衣冠隱侯有令德錢鏗富清歡翠音喜人至戟手勸客餐酒行鶴獻舞飲具魚横盤自稱禮法野所貴人情安江山歲欲暮風露日以寒蘭佩香久歇蒯緱鋏空彈懷君不暫置於世何所干明發當復來壽盃為子乾

明嬾道人書畫卷之十六

行路日以東關俞者又殿湖紫鈇字渾陳者不曾置於其何所乎
滿嶽懶葉致具金黃盤自稱豐沐野比貴入青山安江山滾浪卷暮風
分碧隱夷有人分德嫩邈言清散晉音喜人至數手攜衣發酒行
藏碧花濃綠瀾間流東字出露下漸通寬漁師自鳴樹歎老行
驛此龍泊圖湖江白漫，路出至海上天無發華旗林孤文清

過流年談清燈軒

銀泊不厭昔毋金玉
魚目莫辨真以匪珠語與道難讓接掃雖一曹後會言乎，渾璞
蠍蛇光澤落其名分合幾茅為蕭公前田茶行以來夫鸝盈叱書閣
晉士狂遙漏真人啓華廬座接屢談書酒頃辭講歸遊山橫書
家頌人生處空行讀詩出字

古深貞吉

昌家基毋未雲端頭岩，高節凜然林勢雲日一颯風植本尋千
闌臺由名此究實於義端未移琴毋陳於盤一色輝映貞訓兒
節久究天不二以節而今名安貞政操藏含其吉回高，皇在
自古高節士無如嚴子陵之居然難泰古隱不可微歸入林靈

高節樓

山巷左右澗各竹林柱莫分頭蓋承廉節一回路日以樓
石通雨龍出龍折林洞所其匠次乃相逢一酒泡源浪理奔
昔往世皇日潘侯如貞松標身青雲者流潤翠百重近來作金

松軒為潘世數追慕其祖德至今公茶

滿酒頒僕該高節潮一流蒼連亭文
昌華回島殿雙是否二侯惠須讚諸道酒清朝未乃深濟無傳

吳興道場山

道場古名刹浮圖冠其山峯巒日星上棟宇雲霧間羅立千柱
宫欲亢九虎關蘇公昔出守以齒髮未斑詩如九洞奔留列青
巉顏至今作虹氣夜電鏤神姦趙侯景蘇者水緑芙蕖殷公餘
繼咲詠暫可拋愚頑

蘇公潭

鳳舉不鍛翮龍騰不傷鱗由来貴顯者定異尋常人公昔令烏
程溺水已没身河伯急扶出體完氣仍伸公後践名郡潭名此
其因山厚玄豹伏水清白鷗馴懷公莅立處雲木青蓁蓁趙侯
或公餘濯纓鑒澗濱

遊鴻禧廢寺聽舊僧心敬言

渡南已四葉繼統屬濟王祀國支圯柱前星掩寒芒幃婣肇釁
晨奴謀肆鴟張兩潘爲義激不顧百口戕起以奉其主近在苕
水陽天津斡斗杓海底洗日光人非霍狄儔誰是涉險航聞其
被戮時毋老兩鬢霜吐辭語觀者令人殊激昂吾見宗忠臣雖
死猶不亡至今草間燐熒熒出幽房北城鴻禧寺棟宇自蕭梁
兩潘舉義日俾衆聽鐘撞哀哉城門火遽遺池魚殃遂指寺逆
地瀦宫示非常田斷飭僧粥爐冷供佛香金像久頹剥青苔重
悲凉仰攫栟櫚墜俯歎榛莽長殘僧四五人飢用餐東腸敬也
業尤白宴坐不下堂家本蜀楊氏能言寺之詳補葺罄衣鉢創
巨毉難良更今百廿年我来重彷徨潘忠世莫雪寺廢人弗傷
天高莫之訴題詩空慨慷

送俞漕掾

鄉年予胡子在杭客僧坊褐衣冷不絮烓竈突不煬直言迅風

霆勁氣蟠穹蒼獨與俞校理咲語温而莊心探群經與目短百
氏墻折襄不求似各極其短長我時為諸生拱聽私自慶融萬
會于一掌蔀睹日光死生一闊別今幾四十霜我既為飢驅東
泛吳下航俞公有猶子吏事析豪芒讀書復讀律才比百鍊鋼
漕府多俊彥何異鵰鶚行秩滿陞帥府年勞躋省郎功名晚亨
奮自可上廟堂我忝里閈末看子青雲翔威鳳一高擧應龍豈
終藏送子歲年暮贈子金玉章

憫農一首送張德常吳令出郊勸農兼東國瑞公相

目行底天廓勸農正其時昀昀土膏動穟穟條風吹渚花尚自
媚汀柳亦閒垂中吳狮沃壤東作多遺黎首更太伯化民俗恒
熙熙一從干戈興殺虜令人悲草生髑髏眼竈絶莽茨炊十室
存二三燒刼偶見遺官租不必貸民力何由支張侯尹吳縣氷
蘖嚴矜持征科淚暗落且復鞭創痍茲當東作興載耜循年規
言告加勉勗心傷為嗟咨田老鋒鏑餘僅保骨與皮猶復望歲
豐迎拜携孤嫠茹芥敢望飽無力堪拖犁噄蟊恒苦腥飯牛惟
苦飢侯為百里宰腹笥盛書詩民勞曷小康民病曷小醫狮文
諫周室千古有令儀咽餓啗兒肉何人埋父屍民力苟不蘇天
鑒亦不私上帝專主宰直言諒非癡

鶴巢次張貞居韻

胎禽巢居迥每在林表松棟梁架青冥户牖瞰碧峯欲睹仙者
馭每懷塵外蹤玉童坐吹笙娟娟好顏容時歸理其室護以虎
與龍茅簷瑤草香欲往路莫從星宫集群真霞光覆千重解后
十洲上仙聖應相逢

送友還鄉

隨地作男兒有用須及早當年懸弧意焉得鄉曲老青雲一蹉跎鬢髮日已皓常恐歸去遲心焉惄如擣我家東吳城翠竹森若葆力畊輸王稅妻子亦温飽詩成每獨詠觴至或共倒富貴將焉如歲晏聊自保蕭々風前柳貿々霜下草有官固當歸無官歸亦好

賦採香徑送吳縣張令陞佐嘉定州

泰伯常採藥深蹊入芳菲攀桂作帷帳紉蘭製裳衣坐令文身俗悉從端委歸支胤後世君禮讓日漸違迷陽行棘足蘼蕪露沾衣三秀不改度齋房耀靈輝擷之薦瑤席神享民是依

遊惠山寺

百里盡平壤茲山忽中蟠硆砑衛宏深迂徐納平寬僧坊隱其腹崇搆居桓々丘神衛觚稜緣雲置闌干我來玄冬交榜舟起微瀾天連黃沙白露委青林丹地無車馬塵松筠政堅完蒼然後凋意彼此不厭看稍々陟其巔探源汲清寒恭惟棄亭翁出處良獨難帝青九萬里冥飛見脩翰空留雪泥跡莫究清淨觀煮茗滌煩暑晏然有餘歡

山雪齋

山中太始雪玉光欝嶒屼積之非歲月坐而閱暑寒純白既不变空明諒非難懸冰松梢墮危石澗底蟠維時古真人頭戴切雲冠閱世方内熱憂喜虧其完燕坐以觀復一念萬劫寬問之何因耳咲揩青琅玕

明月鏡

神工鑄明鏡持進嫦娥宮嫦娥羞鑑容暮掛搏桑東浮雲散天風照耀九海空如何萬丈光瀉入詩仙胷謫玄走銀蟾落筆驚

彩虹掩却星斗文孤輝天地中

上清金蓬頭道者

巍ゝ龍虎山融結自太古篤生虛靖君道獨繼祖武真人生岩穴蕭然一環堵蓬首目光炯燕坐閱衆父爰契虛靖心天風檜杉舞

贈姚尊師

山中學仙侶鄉來髮皆玄驚我頭白來怱已十七年民物殊更變青山獨依然餉我太霞室酌以松根泉非君慰幽獨空齋難晏眠

贈江右㪽上人

江右山水窟所產多才賢溢為空門秀一ゝ皆清妍向時訢太中說法龍河壖遂令吳下雲便參老暉禪晝飛楚畹墨夜發昇

州船文廟日有賜來自冥ゝ天地蒸金銀氣海湧雲霞鮮歆艷谷崖動參究槌拂捐東歸住双峩户屨來後先光風流轉處名淵越與燕㪽也繼訢出研墈侵雪肩芳蕤依苔石瘦竹穿磵泉神閒妙盤礴思入孤桐絃朝陽鳴孤鳳秋空唳飢鳶想從聞思脩六根互相宣聽者悲說喜贈章動盈篇恨非昌黎伯乃欲觀其顛要須三摩地契悟非言傳

馬氏雲山祖塋圖

孔子少也孤不知防墓地親殯五父衢問之鄹母氏嗟我雲山翁追遠心不置祖塋在陽岡距今已七世松楸寫新圖名筆為題識國史既特書鋏史光相繼陳繹曾編脩嘗為賦詩楊廉夫日和韻故云賸玄河陽山白雲浩無際

山居圖

侍生沈

卑棲拙謀身曠望時縱目山氣晚亦佳燒痕晴自綠轢金扱松
胥解纓濯岩瀑幽懷良自怡誰云有延促
惟是安僻境本非薄榮名松根聽泉坐溪邊看雲行夜雨下黃
葉春風開紫荆物理有代謝古人誰獨生

淩波仙

追〻湘浦秋盈〻洛川月鏡空離鸞舞天遠孤鴻滅木葉向人
下瑤草帶愁折有懷無由寄琴心謾三疊

歲晚寄鄺尚德馬民立

玄冬夜何長白日寒苦短流光邁魯疾浮態怯齊緩畫沙勞纖
錐窺天費幽管事靡有定形犬駹馬生卵豈無酒消憂累觴弗
能滿冒雪梅含英香露珠纍〻西窓期同觀賡詠傾茗盌

竹夫人

墨台有淑媛不嫁歛眉嫵江南夏六月火五金伏土于時媛以
潔空中不受箑携持枕簟間斷非戕斤斧況復不妬忌涼薄善
自處紗厨奉清懽通宵默無語君子加保抱安寢夢淨侶各殫
緑筠操就中節史苦嚴冷莫可犯編排其有序玲瓏瑑黃玉䟽
通映朱户舞榭洞八窓歌臺高百堵弗貽六宮憐頻消汗如雨
安知涼秋至君顏不復睹此時愁緒多恰同齊紈素用舍良有
時寧間今與古

聯句

學詩齋聯句有引

至正甲申蜡月望前二日句曲張外史天雨自義興道吳還
錢唐其老友其僑居吳中因宿外史于客棲時吳興郯韶九
成亦在焉予舊嘗喜與外史聯句是夜將為之而未得題韶

作而言曰生以學詩名齋亦有志於温柔敦厚之教也倘二
先生即是為題生幸多矣用一咲從其言詩將終而予悵寒
先就寢明旦外史亟歸且屬以足成之為之補就吳人陸友
善隸齝乞寫二紙一張於齋一寄外史云

明良賡歌基猗那奏鼓始清廟殊雝〻祐赤舃固几〻豈惟緇
衣賢雨政以朱襮美原鴒兄弟急祐河魴父母迩便施谷中葛
齝亦采體下菲詠桑表沃若雨歌業賦樂只齝鮑潛蘇公絕祐
厲懷凡伯恥思鳴卷阿鳳雨頌繪袞衣雌齝蔽以思無邪毋曰
鼠有體雨言趍授簡貢祐道在過庭鯉雨遂去文辭害亦弄訓
詁眯譎諫主風刺祐昌言發興比雅亾繼麟筆齝和賡續巴里
鎬罷魚在藻屈倡皃汎水雨緪絃誰與奏補笙自難擬哀〻河
梁別祐嘆〻沛風起雨祠雒悔心萌祐決虞壯圖已塞瓠恨華

豑祐援桂慄蘿靡便啼城上烏雨猶恨水中沚祐陰中抱膝想
許下橫槊偉體要必中度祐葩正恚循理雨響當貫珠串祐轍
始轃車軌齝清圓斷氷苦雨穎脫扣鍾喜齝無敵白乃聖有作
甫良史雨險如橫空盤突若破陣裩祐雕鏤百神困策役萬象
靡雨燮桐聲王明廟樂獻石齒揮毫既凌厲賦物斯須委祐鄭
公學方篤吳歈好誠鄙雨蕭齋扁佳名華搆落新址詩律妙獸
造吏塵净一洗瑰辭出語弃遺經貯腹笥祐道在用𢘃形神悟
為洗髓雨不斷素王造信全幽人屦瞖胃苦稻擢物累困成毀
直登陶韋奧旁摩鮑謝壘𡿺凌天巢爍古偕靈光歸請驗百世
傳致慎一匱圯兩老皆苦心六義始盈耳挂一真萬漏祐聊以
示吾子雨

僑吳集卷之一